憂国／目次

JN098683

句集　憂国

I

平成二十五年〜二十七年

胃薬にむせびてゐたる三日かな

口のなか乾く講義や寒四郎

雪しまく餘部駅の小座布団

景品にもらふ石鹼豆まく日

白樺の樹氷こぼるる肩のうへ
我が睫毛冬の日差を虹いろに

ふらここに立つ子坐る子漕出せり

卒業す手擦の一書師に返し

帰り来し故国一面つちふれり

鉛筆と匂ひ消しゴムこどもの日

初夏の教卓に置く腕時計

ジーンズの藍いろ掠れ麦の秋

泡少し立てて舞妓の注ぐビール

筍を三和土に寝かせ先斗町

あめんばう出合ひ頭に跳ねにけり

香水の匂ひほのかに講義室

半月の朱いろに滲む敗戦日

踊子のみな違ひたる帯結び

鰯雲代はる代はるに舟漕げり

宝石の名をもつインク冷やかに

綾子師のそこにゐるやう秋の風

嵯峨菊に深き青空ありにけり

愛国の自問自答や時雨来る

答案の点少し足すクリスマス

純銀のペン軸磨く年用意

近江路や山より低く冬の虹

面接にゆく子マフラー固く巻き

完走や冬青空にこぶし挙げ

冬の蠅客車の赤き椅子の背に

黒板の文字丁寧に風邪心地

面接の机向きあふ寒さかな

討論会春のストーブ強く焚き

討論は白熱バレンタインの日

那覇　二句

米軍の薬莢売れる朧かな

てのひらに余る薬莢春愁ひ

長靴の先に湯気たつ雪解かな

春の山枝踏む音のよく響く

小窓より羽ばたくやうに春の風

春泥をゆく自転車の足浮かせ

憂国の友に注ぎたり花見酒

畳まれて四角き顔の鯉幟

麦畑蛇腹のやうにうねりけり

緑さす学長室に優勝旗

鰻屋の列の後尾に本開き

人魂に遭ひたる話ソーダ水

髪刈りし児に蜜豆の缶切れり

満洲の切手吊るされ夜店の灯

ホースより水のむ人や原爆忌

整然と床に積む本涼新た

居残りの子のポケットに鬼胡桃

脚寒きホテルの部屋よ開戦日

年末の授業改憲論じ合ふ

新聞を買ひに宿出る漱石忌

父に買ふ真つ赤な酢蛸年の市

キオスクで買ふ『処世訓』年の暮

年忘れフォルクローレに腰揺すり

屠蘇酌みて若き教師の夢聞けり

悴みて中也の詩集開きけり

機関車の模型走らす冬座敷

泳ぎゐるやうに眠る子置炬燵

モスクワ

ピロシキの辻売睫毛凍らせて

古本に煙草のにほひ寒戻る

後ろより荒き鼻息大試験

窓際に産着干したる雛の間

啓蟄の土ぽんと蹴り逆上り

自転車を押しゆく川辺花ふぶき

亀鳴くや学校裏の喫煙所

機関車の汽笛高らかこどもの日

担任の腰に手ぬぐひ五月来る

生物の教師の白衣風薫る

たかぶりて鼻孔全開競べ馬

負け馬のいななき高し夕薄暑

紫の穂麦揺れをり相触れず

植物の恋説く教師太宰の忌

催促の本を返しに桜桃忌

野球帽脱ぎて一礼南吹く

湯上りの髪の匂ひや遠花火

子規堂のものみな古び夏の果

子規堂へ土足で上がる敗戦日

縁側に座布団ひとつ敗戦日

電灯の紐に紐足し生身魂

鹿威し尻揺さぶつて戻りけり

綾子忌の大河に跳ぬるあめんばう

運動会母しつかりと髪束ね

一斉にはばたく銀杏黄葉かな

わつしよいの声は十色よ豊の秋

短日の教員室でパン齧る

極月や客引の声聞き捨てに

たぎる湯に肉を散らせり開戦日

舶来の金ペン殖やすボーナス日

古書店に主とふたりクリスマス

募金箱ぎゅっと抱きしめクリスマス

Ⅱ

平成二十八年〜二十九年

初刷を開く小さき風起こし
天を衝く白亜の城を初夢に

若菜摘む大津宮の日溜りに

大寒や登呂に赤米炊くけむり

不器用に切りたるバター寒明忌

春の夢書林の奥へ導かる

輪になつて風船突けり夜の宴

春耕や伊吹の裾に光満ち

雉鳴くや島点々と瀬戸の海
若布干す海の雫を滴らせ

木屋町の橋の花屑掃き落す

春宵や洋食店に夢二の絵

蒼穹に身を震はせて揚雲雀

遊郭のステンドグラス昭和の日

荷風忌やタイル張りなる喫茶店

義仲寺

藤棚を潜りて風は木曽塚へ

日が暮れてもう一泳ぎ鯉幟

ハバロフスク

日本人墓地に唸れり草刈機

ゲラ刷の文字塗り潰す楸邨忌

昼寝せり源氏縁《ゆかり》の香を焚き

中腰で剣玉する子夏の浜

木屋町に椅子一つ出し夕涼み

天井の蜘蛛落さんと定規取る

熱帯夜ウツボカヅラに虫食はす

クロールの子がまん丸の口開く
白蓮を揺らし揺らして風来たり

門柱にシーサー一つ夏の果

焼鳥の煙が路地に夜の秋

黒ずみし蠅取草や徹夜明け

七夕の笹縮れをり草《くさ》津《つ》宿《じゆく》

群衆は夕日にまみれ震災忌

秋燕や信長像は仁王立ち

片付かぬ原稿秋の蠅打てり

督促の図書捜しをる秋暑かな

寺町の夜ふけ銀杏匂ひけり

秋晴や清酒積みたる高瀬舟

十月の街の向うに熱気球

露けしや幻住庵の縁に座し

抱き起こす母の重たさ黄落期

海鳴を遠くに感じ木の実独楽

秋霖の匂ひ俄かに子の下宿

短日の机上に伏せし獄中記

白目剝く達磨の列や十二月

痛きほど絞る雑巾開戦日

上海　二句

荒星や一気に干せる火酒の盃

朋友と別れの握手ポプラ散る

伊勢丹の包み大事にボーナス日

潤む目に聖夜の灯り乾杯す

我が袖を離さぬ妻よ年の市

勤王の志士の本持ち煤逃す

新春の風を書斎に通しけり

学生の手作りケーキ小正月

冬木の芽震はせ雀とび移る

手首には患者ＩＤ春遅々と

もてあます生身の重さ春灯

春暁の床に臥しゐて生欠伸

入院の日数の髭や雪残る

獣めく黒髪立たせ受験生

春星や湖畔にかへす波の音

夜《や》叉《しゃ》神《じん》がにやりと我に春の闇

朧夜へ花屋の明り溢れ出す

膝立ちの子に風船を突き返す

多喜二忌や下の奥歯が不意に欠け

透けるほど白き母の手茂吉の忌

栗田やすし先生第二句碑建立

句碑据ゑし大地の湿り囀れる

哲学の道の向うを初蝶来

ため息を咎められたり夕桜

炊事場に出入りの猫や遍路宿

子雀の声がしきりに家具屋街

夏近し千日前の串カツ屋

神水のしぶき冷たし鳥の恋

弁天の小さな祠五月来る

空のいろ映し海月は砂浜に
嵐山夏うぐひすの鳴き止まず

蛇塚古墳

石室の壁そそり立つ梅雨晴間

梅雨寒や床の間に本溢れさせ

神輿去り風吹くばかり京の路地

花茣蓙につめて坐れり落語会

打水のあとの静けさ花街跡

鱧天や祇園の空は青く暮れ

ハンバーグ分け合ふ二人雲の峰

空いろのゼリー切り分け母若し

ゆらゆらと海月は青きシャンデリア

渡船場の蜘蛛の囲風に膨らめり

手のくぼに蠅虎が死んだふり
浴衣着て都大路を大股に

薄切のチーズの白さ今朝の秋

厚切のパンはいびつに敗戦日

雨白く弾きとばせり鶏頭花

秋日濃しガラスの瓶に手鞠飴

神木を叩きかなかな飛び立たす
我が背にも秋の蝶にも日の温み

秋の蜂青きタイルの水舐むる

虫の音や祠めきたる素焼窯

芭蕉葉の一つが屋根を見下ろせり
三線をさらふ紅葉の散るなかに

夕雀しきりに紅葉散らしけり

息白く象牙のつやの吊革に

金銀の靴試着してクリスマス

冬の水妻のかんばせ輝かす

水洟やマトリョーシカの幼顔

枯芝にサッカー少女腕広げ

髪赤く染めし女生徒レノンの忌

壁薄き研究室に風邪心地

ゲラ刷に黄色の付箋年詰まる

年の瀬や赤札付きの聖母像

年籠己が鼾におどろきぬ

Ⅲ

平成三十年

外《と》に出よと我を囃せり初雀

事務始ウツボカヅラに水を遣り

原稿の締切延ばし玉子酒

湯屋のそと寒念仏の鉦太鼓

天草　九句

悄然と一揆の里の枯芭蕉

山際に横臥の狸吹かれをり

一椀の聖水寒き顔映す

冬日濃きマリアの足下《そっか》水湧けり

節分の天草の海荒れゐたり

春陰や磯の匂ひの一揆の地

風強き一揆の里やすみれ草

仔猫来し路地に魳《かます》の天日干し

きさらぎの光のなかに南蛮樹

番台が赤子あやせり宵の春

マネキンの声なき吐息春愁ふ

朧夜の川のうねりに絹のつや

鐘おぼろ芸妓は小さき包み抱き

シーサーの黄瀬戸眩しき遅日かな

花の道いくたび同じ人と会ふ

花吹雪人語にはかに遠くなる

花の雨白目剝きたる磔刑図

花冷や女優のたまご教室に

空いろの馬にまたがる春の夢

禅寺の空《から》井《い》の底の蕨かな

水いろの名刺の函に桜貝

青空に触れんと雲雀一途なる

誰も居ぬ莫蓙に土筆の並べあり
巣立ちたる娘の部屋に春日差す

麗かや家具屋のまへの木馬揺れ

蒼穹のかすかに鳴れり昭和の日

青空のどこか煤けて四月果つ

緑立つ樹齢百年まだ若し

また一人都忘れと言ひて過ぐ

六道の辻をよぎれり梅雨の蝶

ゆるやかな橋の勾配夏つばめ

あらはなる大河の鱗夏の月

草臥れし背広は椅子にビヤホール

夏ひばり明日香の空を急降下

摩崖仏七百余年笑みて夏

山道に溢るる清水踏みゆけり

切株の平らな迷路蟻走る

嚙捨てしガムのいろして蝸牛

紫陽花の重みを母の乳房とも

麦秋や銘酒の瓶に金メダル

噴水は一本調子ポップコーン

太宰忌やバイクで駆くる河川敷

牡丹嗅ぐグラスのワイン嗅ぐやうに

大粒の雨来て川床の早仕舞

一息にカルピス干せり汗の僧

浴衣の子都こんぶをしやぶりをり

にはとりの和毛散らばる日向水

氷菓舐む魔王のやうな舌を見せ

蜜豆の最後に残すさくらんぼ

マニキュアは真珠の艶よ日焼の子

ほの青き茶房のネオン羽蟻来る

夜濯の紺のワイシャツぱんと張る

踏ん張つて水窪ませり水馬
両眼を光らせ目高上がり来る

川底にひしめく石や原爆忌

文机の位置を窓辺に今朝の秋

ひぐらしや十字に縛る廃棄本

短冊の裏にも願ひ星の恋

秋暑し定規で開く袋とぢ

鳩笛の用意両手に息をかけ

秋風や足出て開く団子虫

野分中斜め斜めに亀泳ぐ

虫食ひの穴は水いろ初紅葉

切株は入江のかたち秋澄めり

艇庫よりシチューの匂ひ蛍草

日時計のローマ数字や雁渡し

星月夜一樹の雀寝落ちたり

声出して英語さらふ子菊日和

真夜の地震《ない》レモン一顆を握り締む

草原を溺るるやうに秋の蝶

天空を木の葉自在に台風裡

台風圏雨の緞帳波打てり

仲秋や天文台に避雷針

蛇口より捩れ出る水秋麗

水脱がす如く掬へり新豆腐

南瓜抱く母の腕の濡れてをり

鬼灯を含みて母の舌太し

一心に待つ便りあり秋簾

南座の覆ひ取れたり走り蕎麦

南座の屋根煌々と秋の夜半

新月や影青みたる祇園閣

秋扇の藍を好みて手放さず

石英の艶もて秋の川滾る

滾つ瀬に鮒の一閃冷まじき

脚太き翁の像や伊賀の秋

茜さす芒さながらフラミンゴ

飴いろになるまで蝗炒られけり

横ざまにきちきち空を飛んで来し

テーブルに榠樝置きたり児童館

夜学子の一音鳴らすピアノかな

薄日さす電話ボックス欣一忌

窯焚きの青き煙や今朝の冬

柿落葉束ね翳せば火の如し

枯芭蕉掻き分け人と離れゆく

蹲踞の水のさゆらぎ冬の蜂

浮雲や鉄路の柵に干蒲団

冬空へ子は風船を放ちけり

あとがき

「伊吹嶺」副主宰としての五年間と、主宰一年目に発表した作品のうち三百句を自選して一書とした。わたしの第二句集である。指導者として未熟であるわたしに対し、栗田やすし先生（現「伊吹嶺」顧問）は何も注文をつけることなくすべて任せて下さった。その雅量を心からありがたく感じている。主宰になり「伊吹嶺」がいかに多くの人々に支えられているかを知った。仲間に深く感謝する。

句集名について一言しておきたい。ふだん勤務先の大学で国際政治学を講じていることもあり、時局的な問題に関心をもち、この国の将来に危機感を募らせている。それがときどき作品にも表れているようだ。三島文学の愛読者ではないけれども、わたしのそんな思いを表題に込めた次第である。

すてきな句集に仕上げて下さったふらんす堂の皆さんに厚く御礼申し上げる。

令和二年一月

河原地英武

著者略歴

河原地英武（かわらじ・ひでたけ）

昭和34年　長野県松本市生まれ
平成11年　「伊吹嶺」入会、栗田やすしに師事
　　17年　「伊吹嶺」7周年記念賞（文章）受賞
　　20年　第6回伊吹嶺賞受賞
　　24年　「伊吹嶺」副主宰
　　28年　評論集『平成秀句』、句集『火酒』刊
　　30年　「伊吹嶺」主宰

俳人協会評議員、国際俳句交流協会監事

現住所　〒525-0027　滋賀県草津市野村5-26-1

句集　憂国　ゆうこく

二〇二〇年二月一〇日　初版発行

著　者――河原地英武
発行人――山岡喜美子
発行所――ふらんす堂
〒182-0002 東京都調布市仙川町一―一五―三八―二F
電　話――〇三（三三二六）九〇六一　FAX〇三（三三二六）六九一九
ホームページ http://furansudo.com/　E-mail info@furansudo.com
振　替――〇〇一七〇―一―一八四一七三
装　幀――和　兎
印刷所――日本ハイコム㈱
製本所――日本ハイコム㈱
定　価――本体二三〇〇円＋税

ISBN978-4-7814-1250-4　C0092　¥2300E

乱丁・落丁本はお取替えいたします。